VENTE DE M. CH. B.

COLLECTION IMPORTANTE

DE

BRONZES DE BARYE

TABLEAUX MODERNES

EAUX-FORTES DE REMBRANDT

PARIS 1891

Paris. — Imp. Jules Weill, 25, Rue Bergère.

VENTE DE M. CH. B.

COLLECTION IMPORTANTE

DE

BRONZES DE BARYE

TABLEAUX MODERNES

EAUX-FORTES DE REMBRANDT

PARIS 1891

CATALOGUE

DES

BRONZES DE BARYE

TABLEAUX MODERNES

PAR

COROT, J. DUPRÉ. GÉRICAULT ET TROYON

EAUX FORTES DE REMBRANDT

COMPOSANT

LA COLLECTION DE M. CH. B.

ET DONT LA VENTE AURA LIEU A PARIS

GALERIE GEORGES PETIT

8, rue de Sèze. 8

Le Samedi 31 janvier 1891

A TROIS HEURES

<table>
<tr><td>COMMISSAIRE-PRISEUR</td><td>EXPERT</td></tr>
<tr><td>Mᵉ PAUL CHEVALLIER</td><td>M. GEORGES PETIT</td></tr>
<tr><td>10, rue de la Grange-Batelière. 10</td><td>12, rue Godot-de-Mauroi, 12</td></tr>
</table>

EXPOSITIONS

<table>
<tr><td>PARTICULIÈRE</td><td>PUBLIQUE</td></tr>
<tr><td>Le jeudi 29 janvier 1891</td><td>Le vendredi 30 janvier 1891</td></tr>
</table>

De 1 heure à 5 heures et demie.

CONDITIONS DE LA VENTE

La vente sera faite au comptant.

Les acquéreurs payeront en sus des adjudications *cinq pour cent* applicables aux frais de la vente.

BRONZES DE BARYE

ÉPREUVES ANCIENNES

FIGURES

1 — *Gaston de Foix (Équestre).*

> Haut. 36 cent., larg. 30 cent.

2 — *Thésée combattant le Minotaure.*

> Haut. 46 cent., larg. 30 cent.

3 — *Thésée combattant le Centaure Bienor.*

> Haut. 35 cent., larg. 35 cent.

ANIMAUX

—

4 — *Panthère saisissant un cerf.*

> Haut. 39 cent., larg. 55 cent.

5 — *Tigre dévorant un garial.*

> Haut. 30 cent., larg. 50 cent.

6 — *Lion au serpent (N° 1).*

> Haut. 27 cent., larg. 36 cent.

7 — *Loup tenant un cerf à la gorge.*

> Haut. 23 cent., larg. 39 cent.

8 — *Taureau cabré, attaqué par un tigre.*

> Haut. 13 cent., larg. 23 cent.

9 — *Tigre qui marche.*

Haut. 23 cent., larg. 40 cent.

10 — *Cheval turc.*

Haut. 29 cent., larg. 32 cent.

11 — *Aigle les ailes étendues.*

Haut. 25 cent., larg. 18 cent.

12 — *Ocelot emportant un héron.*

Haut. 19 cent., larg. 30 cent.

13 — *Taureau, tête baissée.*

Haut. 18 cent., larg. 28 cent.

14 — *Serpent Python avalant une biche.*

Haut. 9 cent., larg. 31 cent.

15 — *Jaguar dormant.*

Haut. 9 cent., larg. 31 cent.

16 — *Braque et Épagneul en arrêt sur des Perdrix.*

> Haut. 13 cent., larg. 25 cent.

17 — *Ours assis.*

> Haut. 14 cent., larg. 21 cent.

18 — *Panthère de l'Inde.*

> Haut. 14 cent., larg. 25 cent.

19 — *Panthère couchée.*

> Haut. 7 cent. 5, larg. 18 cent. 5.

20 — *Éléphant d'Asie.*

> Haut. 14 cent., larg. 16 cent.

21 — *Cerf du Gange.*

> Haut. 17 cent., larg. 18 cent.

22 — *Cerf Axis.*

> Haut. 18 cent., larg. 14 cent.

23 — *Chien basset debout.*

> Haut. 10 cent., larg. 15 cent.

24 — *Faisan doré de la Chine.*

> Haut 10 cent., larg, 12 cent.

25 — *Lapin, oreilles couchées.*

> Haut. 5 cent., larg 7 cent. 5.

26 — *Tortue.*

> Haut. 4 cent., larg. 10 cent.

ORNEMENTS

---

27 — *Coupe, pieds de faunes et raisins.*

> Haut. 9 cent., larg. 20 cent.

28 — *Flambeaux décorés de feuillage et de clochettes avec scarabée à la tige.*

> Haut. 33 cent.

29 — *Flambeaux ornés de volubilis, racines et pieds de faunes, avec serpent à la tige.*

> Haut. 24 cent.

TABLEAUX

COROT

3o — *Sous bois.*

Haut. 65 cent., larg. 45 cent.

DUPRÉ

(JULES)

3i — *Berck.*

Haut. 20 cent., larg. 37 cent.

DUPRÉ

(JULES)

32 — *Intérieur.*

Haut. 28 cent., larg. 37 cent.

DUPRÉ

(JULES)

33 — *Chaumière.*

Haut. 15 cent., larg. 46 cent.

DUPRÉ
(JULES)

34 — *Étude de tronc d'arbre.*

> Haut. 34 cent., larg. 26 cent.

DUPRÉ
(JULES)

35 — *Étude d'âne.*

> Haut. 21 cent., larg. 28 cent.

GÉRICAULT

36 — *Tête.*

> Haut. 28 cent., larg. 22 cent.

GÉRICAULT

37 — *Cheval (Étude).*

> Haut. 29 cent., larg. 19 cent.

TROYON

38 — *Chiens couplés (Esquisse provenant de la vente Troyon.*

> Haut. 35 cent., larg. 48 cent.

GRAVURES

——

REMBRANDT

39 — *La pièce aux cent florins.*

REMBRANDT

40 — *La petite tombe.*

REMBRANDT

41 — *Deux têtes de femme.*

REMBRANDT

42 — *Tête de jeune homme.*

REMBRANDT

43 — *S... et son lion.*

PARIS. — IMP. JULES WEILL. 25. RUE BERGÈRE.

www.ingramcontent.com/pod-product-compliance
Lightning Source LLC
LaVergne TN
LVHW011455170726
843501LV00009B/3432